D0669522

Tito

Le chaton pataud

L'auteur : **Jenny Dale** a grandi dans une ferme des Cornouailles (Royaume-Uni), entourée d'une bande de chiens, petits et grands, gentils et coquins. Aujourd'hui, elle vit toujours à la campagne et consacre ses journées à l'écriture de romans pour les enfants.

L'illustrateur : Susan Hellard

Remerciements tout particuliers à Marinder Dhami.

Titre original : *Colin the clumsy kitten*
Kitten Tales est une marque de Working Partners Limited, utilisée sous licence.
© 2000, Working Partners Ltd.
Publié pour la première fois
par Macmillan Children's Books, Londres, 2000.
© Illustrations intérieures, 2000, Susan Hellard.
© 2009, Bayard Éditions Jeunesse pour la traduction-adaptation française.

Réalisation de la maquette : Éric Doxat

Loi n° 49 956 du 16 juillet 1949 sur les publications destinées à la jeunesse.
Dépôt légal : janvier 2009
ISBN : 978-2-7470-2682-6
Imprimé en Allemagne par Clausen & Bosse

Tito

Le chaton pataud

Jenny Dale

Traduit de l'anglais et adapté par Julien Chèvre

Première édition
BAYARD ÉDITIONS

·1·

Chutes en cascade

Aujourd'hui est un grand jour : Tito est enfin autorisé à sortir ! Depuis son arrivée chez les Duprat, le chaton a dû rester bien sagement à l'intérieur, le temps de s'habituer à sa nouvelle maison.

Pour l'occasion, Philéas, l'autre chat de la famille, lui propose une visite guidée du jardin. Tito accepte avec d'autant plus de plaisir que, jusqu'à présent, le gros matou roux s'est montré plutôt glacial à son égard, soufflant et crachant dès qu'il l'apercevait.

Alors que les deux compères s'approchent d'une petite mare entourée de rocaille, Philéas explique au chaton qu'il s'agit d'un bassin à poissons. M. Duprat a disposé un filet à la surface pour éviter que les chats n'y improvisent une partie de pêche. Puis Philéas bondit avec agilité d'une pierre à l'autre.

Tito s'élance derrière lui.

Hélas, les cailloux sont humides et glissants... Le chaton dérape et tombe au milieu de la mare ! Il se débat entre les mailles du filet, essayant tant bien que mal de garder la tête hors de l'eau.

– Oh, Tito ! s'écrie Lola Duprat, sa jeune maîtresse, alertée par ses miaulements.

La fillette accourt et sauve le chaton.

– Là, tout va bien maintenant, lui murmure-t-elle en le serrant dans ses bras. On va rentrer te sécher.

Tito a honte. Déjà, bébé, il était maladroit, incapable de sauter ou de grimper aussi bien que ses frères et sœurs. Même lorsqu'il faisait de son mieux pour les suivre, ses pattes avaient le don de s'emmêler.

Transi de froid, le chaton se blottit contre Lola, non sans avoir remarqué le mépris qui brille dans les yeux de Philéas.

Depuis l'incident du bassin, Tito a tenté plusieurs fois de revenir vers le chat roux. Mais ce dernier semble ne plus avoir pour lui la moindre considération.

Heureusement, le chaton n'a pas besoin de compagnie pour s'amuser. En ce moment, toute son attention est concentrée sur la balle qu'il poursuit. Il est si occupé qu'il en oublie de regarder où il va. La balle roule sous la table du salon. Tito, pris dans sa course folle, aperçoit le meuble trop tard. Il essaie de freiner, mais il se cogne la tête contre un pied de la table.

– Tito, tu n'as rien ? s'inquiète Lola.

Désireux de rassurer la fillette, le chaton esquisse un pas vers elle, mais il se prend la patte dans le bord du tapis. Il fait une drôle de galipette avant d'atterrir sur son arrière-train, l'air ahuri.

Lola éclate de rire :

– Quel clown !

Elle l'attrape et caresse son beau pelage gris tigré. Tito se met à ronronner en frottant son museau contre elle. Bien qu'il n'habite pas depuis longtemps chez les Duprat, il est déjà très attaché à sa maîtresse.

Perché sur la télévision, Philéas contemple la scène d'un œil hautain. Le chaton se sent de nouveau ridicule.

– Lola, le dîner est servi ! lance Mme Duprat de la cuisine.

– J'arrive ! répond la fillette, qui repose Tito par terre pour rejoindre ses parents.

D'un bond leste et gracieux, Philéas descend de son observatoire et quitte la pièce.

Tito le suit, tentant vainement d'imiter sa démarche élégante. Si seulement il était moins pataud !

– Ne reste pas dans mes pieds !

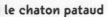

soupire Mme Duprat lorsqu'il entre dans la cuisine. Tu te rappelles ce qui s'est passé l'autre jour avec les spaghettis ?

Le chaton s'en souvient parfaitement : il a fait trébucher la mère de Lola, et celle-ci a renversé son plat. Il y avait des pâtes et de la sauce tomate partout... Bon, mieux vaut aller se balader dehors jusqu'à la fin du déjeuner !

Tito se dirige vers la porte du jardin. Philéas le précède et se faufile tout en souplesse par la chatière, sans un bruit.

Le chaton s'approche à son

tour d'un air hésitant. Il n'a pas encore très bien compris comment fonctionne ce système. Il appuie timidement sa patte sur le battant, qui pivote vers l'avant et se remet en place en lui cognant le museau. Surpris, Tito recule aussitôt.

Bon, il faut s'y prendre autrement ! Le chaton pousse le panneau avec sa tête. Il glisse une patte à travers l'ouverture, puis deux, et bascule d'un coup de l'autre côté ! C'était moins une : un peu plus, et sa queue se coinçait dans le battant ! Pourvu que Philéas n'ait pas assisté à cette sortie lamentable…

Mais le chat roux est occupé ailleurs : il avance d'un pas furtif le long d'un massif de fleurs, les yeux rivés sur deux merles perchés sur un arbre voisin. Il saute ensuite sur le mur du jardin et s'immobilise, le temps de s'assurer que les oiseaux n'ont pas remarqué sa présence. Puis il reprend sa lente progression en direction de l'arbre.

Tito ne perd pas une miette de la scène. Et s'il venait en aide à Philéas ? Le chaton trottine jusqu'au pied du mur, mais celui-ci est trop haut pour lui. Il repère alors un gros arbuste touffu à proximité et décide de l'escalader : de là, il pourra atteindre le mur sans problème.

Tito commence son ascension en s'accrochant aux ramifications du buisson. Il se débrouille plutôt bien et sent la fierté le gagner à mesure qu'il grimpe. Cependant, une fois arrivé au sommet de l'arbuste, le chaton n'est plus aussi confiant. Les branches supérieures semblent trop fines pour supporter son poids, sans compter que le vent les fait dangereusement vaciller. Soudain, un bruit sec rompt le silence.

Crac !

La branche à laquelle est cramponné Tito vient de céder. Il dégringole en miaulant de frayeur. Par chance, les épais feuillages amortissent sa chute. Le chaton s'extirpe du buisson,

couvert de feuilles et de brin-
dilles. Lorsqu'il relève la tête, il a
juste le temps d'apercevoir les
deux merles s'envoler.

D'un bond, Philéas le rejoint, furieux. Il ne peut même plus chasser tranquille ! Tito s'excuse et explique au chat roux qu'il voulait simplement l'aider. Mais ce dernier lui répond qu'il n'a besoin de personne, et surtout pas d'un empoté comme Tito !

· 2 ·

Une visite inattendue

C'est l'heure du dîner.

Tito mange sa pâtée sans se presser et remarque que Philéas a déjà englouti la sienne. Il lui propose alors de finir sa gamelle. Mais le chat roux l'ignore : il s'assoit à l'écart et commence à faire sa toilette.

Tito est dépité. Pourquoi faut-il

qu'il soit si maladroit ? Il a tout gâché avec ses bêtises…

Lola enfile son manteau.

– Je vais chez Mamie, mes jolis ! annonce-t-elle aux deux chats. On ne rentre pas tard, ne vous inquiétez pas, ajoute-t-elle en s'accroupissant pour les caresser. Soyez sages et amusez-vous bien ensemble !

Tito ouvre des yeux pleins d'espoir en direction de Philéas, mais celui-ci détourne la tête avec mépris.

– Allez, Lola, Papa s'impatiente ! lance Mme Duprat qui attend dans le hall.

La fillette se hâte de rejoindre sa mère et, un instant plus tard, Tito entend la voiture s'éloigner. Philéas trottine jusqu'à la porte du jardin en balançant la queue de droite à gauche. Juste avant de sortir, il s'arrête et toise le chaton d'un air mauvais, comme pour lui signifier que, cette fois, il n'a pas intérêt à le suivre. Puis il se glisse à travers la chatière et disparaît.

Resté seul, Tito s'interroge : comment arranger la situation ? Il aimerait tant que Philéas l'accepte. Le chat roux pourrait lui apprendre à courir, sauter, grimper et chasser. Il est tellement agile, lui ! Hélas, pour le moment, on ne peut pas dire que ce soit le grand amour entre eux...

Tito bâille et s'étire. Sans doute y verra-t-il plus clair après un petit somme. Il gravit les escaliers et se dirige vers la chambre de Lola. C'est son endroit préféré pour dormir. Chaque soir, il vient s'installer sur la couette à côté de sa maîtresse, pendant qu'elle lit ou regarde la télévision qu'elle a reçue en cadeau pour son anniversaire. La fillette y tient beaucoup, mais elle répète souvent que Tito est ce qu'elle a de plus précieux.

Le chaton pousse la porte de la chambre et monte sur le lit de Lola. Il se couche en boule contre l'oreiller. La maison est

silencieuse et, dehors, la nuit tombe. Tito ferme les yeux. Il sent le sommeil le gagner et se dit qu'il finira bien par faire ami-ami avec Philéas.

Tito se réveille en sursaut, son cœur bat la chamade. Il y a eu un bruit étrange au rez-de-chaussée, comme si on avait cassé quelque chose. Lola et ses parents sont-ils déjà revenus ? Ils ne sont pourtant pas partis depuis longtemps…

– Chut ! murmure quelqu'un. Et n'allume pas la lumière ! Donne-moi plutôt la torche. Tu as bien pensé à en prendre une, j'espère ?

Tito se redresse, les yeux écarquillés de terreur. Cette voix lui est inconnue. Qui peut bien se trouver en bas ?

– Oui, oui, elle est quelque part dans mon sac, attends une seconde ! chuchote un autre homme.

Le chaton est perplexe. Que se passe-t-il ? Normalement, personne ne vient dans la maison en l'absence de ses maîtres. À moins que...

Tito se rappelle soudain une conversation qu'il a entendue la semaine dernière :

« Les Cabrol étaient effondrés : on leur a dérobé beaucoup d'objets de valeur, a dit M. Duprat en fronçant les sourcils. Apparemment, ce sont les mêmes que ceux qui ont fait le coup au numéro 12, chez les Pradet, il y a un mois.

– On devrait peut-être mettre des verrous supplémentaires sur les portes », a alors suggéré Mme Duprat d'un air soucieux.

Sur le moment, le chaton n'a pas très bien compris de quoi il était question. Mais, maintenant, tout cela devient plus clair : il existe des gens qui entrent chez vous sans y être invités et qui emportent des choses qui ne leur appartiennent pas. Quel mot les parents de Lola ont-ils employé, déjà ? Tito fouille dans sa mémoire. Des cabrioleurs ? Ah non, voilà, ça lui revient : des cambrioleurs !

· 3 ·
Panique
à tous les étages

Tito est terrorisé. Est-ce que les cambrioleurs volent aussi les animaux ? Vont-ils l'emmener loin de Lola ? Vite, il doit trouver une cachette !

Le chaton décide d'aller se réfugier sous le lit. Il saute sur la table de nuit, mais ses pattes dérapent sur le bois verni, et il heurte la lampe de chevet. Celle-ci bascule et tombe sur le sol avec fracas.

Au rez-de-chaussée, l'un des malfaiteurs sursaute :

– Tu as entendu ça, Jim ? Qu'est-ce qui se passe là-haut ?

– Bon sang, Fred, arrête de paniquer ! répond l'autre d'un ton sec, un homme aussi grand et mince que son acolyte est petit et rondouillard.

Dans sa main, il tient une torche électrique qu'il braque sur les meubles du salon.

– Tu étais avec moi tout à l'heure quand on les a vus sortir, reprend-il. Il n'y a personne ici.

– Alors c'était quoi, ce boucan ? insiste Fred d'une voix inquiète.

– Je n'en sais rien, sûrement un chat ou un chien…

– Un chien ? Tu crois que ça pourrait être un doberman ou quelque chose comme ça ?

– Ça suffit, laisse tomber, d'accord ? Je te dis qu'on est tout seuls dans la maison.

Mais Fred n'a pas l'air rassuré :

– Dis, tu es certain que la torche fonctionne bien ? J'ai l'impression qu'elle n'éclaire pas beaucoup.

– Pour la dernière fois, je te répète que tout va bien. Allez, au travail !

À l'étage, Tito a réussi à se glisser sous le lit de Lola. Il est recroquevillé, tout tremblant, entre une pile de livres et du matériel de

peinture. Il se sent tellement désemparé ! Si seulement Philéas revenait du jardin ! Il saurait à coup sûr comment l'aider.

Le chaton se raidit : les voix se rapprochent. On dirait que les voleurs sont au bas de l'escalier. Pourvu qu'ils ne montent pas jusqu'ici !

Soudain, Tito entend un bruit sourd suivi d'un cri de douleur. Il se replie encore un peu plus sur lui-même.

– Tu ne peux pas faire attention ? s'énerve Jim. Tu vas finir par alerter tout le quartier !

– Désolé, marmonne Fred. Je me suis cogné dans un guéridon, et un annuaire m'est tombé sur le pied !

– Non, mais qui m'a collé un abruti pareil ? fulmine Jim.

– On voit bien que ce n'est pas toi qui as mal !

– Bon, à partir de maintenant, tu te tiens tranquille, compris ? Viens, allons jeter un coup d'œil là-haut. Je suis certain qu'il y a un tas de trucs intéressants…

– On est vraiment obligés ? balbutie Fred.

– Oh, tu ne vas pas remettre ça ! Ne me dis pas que tu as peur d'un simple grincement de porte !

– Ce n'était pas une porte, ça, j'en suis sûr ! s'indigne Fred. Tu sais, ajoute-t-il un ton plus bas, je me demande si cette maison n'est pas... hantée !

Jim éclate de rire :

– Hantée ? Mais tu perds complètement la boule, ma parole !

Au même moment, un nouveau bruit résonne à l'étage. Sous l'effet de la surprise, les deux hommes s'agrippent l'un à l'autre, le souffle coupé.

En voulant reculer davantage

sous le lit, Tito vient en effet de renverser un carton de Lego qui était posé en équilibre sur une boîte plus petite. Toutes les briques de plastique se sont répandues sur le sol.

– Et ça, c'était encore une porte ? bredouille Fred.

– J'en doute, répond Jim, qui commence à perdre de son assurance.

– Prenons nos affaires et débarrassons le plancher !

Jim reste silencieux quelques instants, le temps de se ressaisir.

– Non, pas question qu'on soit venus ici pour rien ! déclare-t-il alors. Assez traîné, on monte !

– Je ne veux pas y aller ! pleurniche Fred.

Mais son complice le tire par le
bras et l'oblige à le suivre.

Tapi sous le lit de Lola, Tito
tremble de plus belle. Cette fois,
il est fichu !

· 4 ·
Remue-ménage

Tito s'est figé en entendant les pas des cambrioleurs se rapprocher. Si Philéas était là, il serait impressionné de le voir si immobile et silencieux. Hélas, ce soir, le chaton est seul face au danger.

La porte de la chambre de Lola s'entrouvre doucement, et un

faisceau de lumière balaie la pièce. Tito se retient de gémir et prie pour que les voleurs ne fouillent pas sous le lit.

– Regarde, il n'y a rien ici ! déclare Jim d'une voix qui trahit son soulagement. Je t'avais bien dit qu'il n'y avait pas de quoi avoir peur.

– Je n'avais pas peur ! proteste Fred, soudain plus courageux.

– Mais non, bien sûr !

Jim pointe alors sa torche vers un coin de la pièce.

– Vise un peu cette télé, Fred ! s'écrie-t-il. Va donc la débrancher !

– OK.

Tito frémit de colère. Ils ne vont quand même pas prendre la télévision de Lola ! La fillette y tient beaucoup, et le chaton sait que M. et Mme Duprat ont dû longuement économiser pour pouvoir la lui offrir. Pas question de rester là sans rien faire !

– Bon, Fred, on ne va pas y passer la nuit !

– Attends, je n'arrive pas à atteindre la prise, le bureau me gêne... Ça y est ! annonce Fred d'une voix triomphante après quelques instants.

Tito est furieux. Il est temps

d'agir ! Il abandonne sa cachette et court vers la porte sans que les malfaiteurs le remarquent, trop occupés à transporter leur butin. Une fois sur le palier, le chaton tourne la tête de gauche à droite

en quête d'une idée. Il doit à tout prix les attirer hors de la chambre de Lola !

Tito se met à griffer le tapis du couloir avec frénésie. En temps normal, ses maîtres l'auraient grondé, mais ce soir, c'est pour la bonne cause !

Fred tressaille, manquant de lâcher la télévision :

– Tu entends ça ?

– Je me demande ce que c'est, répond Jim, gagné par l'inquiétude.

Le chaton frissonne. Si les voleurs le voient, ils ne seront plus du tout intimidés. Vite, il faut trouver autre chose !

– Hé, mais qu'est-ce qu'elle a, cette lampe ? grogne Jim tout à coup. Elle éclaire de moins en moins !

– Montre-moi ça !

Fred pose la télévision par terre, puis prend la torche des mains de son complice et la secoue dans tous les sens. Le faisceau lumineux pâlit et finit par s'éteindre. Les deux hommes sont alors plongés dans l'obscurité.

– Ne me dis pas que tu as oublié de mettre des piles neuves ? s'emporte Jim.

– Ben, euh, pour être honnête,

je… Enfin, j'ai…, bégaie Fred d'un air piteux.

– Oh, je rêve !

– On n'a plus qu'à allumer…

– Non ! tranche aussitôt Jim. C'est trop risqué. Si quelqu'un qui sait que les propriétaires sont absents aperçoit de la lumière ici, on est cuits !

De son côté, Tito jubile. Maintenant que les cambrioleurs sont dans le noir, il arrivera peut-être à les effrayer assez pour qu'ils s'enfuient sans rien emporter. En tout cas, ça vaut le coup d'essayer !

Le chaton file dans la salle de

bains et grimpe sur le bord du lavabo. D'un coup de patte, il pousse un flacon de bain moussant, qui roule bruyamment au fond de la vasque.

Terrifié, Fred sursaute :

– Oh là là ! Je crois vraiment que cette maison est hantée.

– J'en ai marre ! éclate Jim. On va tirer ça au clair une fois pour toutes. Suis-moi !

– Je suis juste derrière toi, répond Fred en claquant des dents.

Les deux hommes sortent à tâtons de la chambre de Lola.

– Mince, gémit Fred, je marche sur un truc dur qui bouge !

– C'est mon pied, imbécile ! braille Jim en le bousculant.

Tito quitte la salle de bain, détale au bout du palier et s'arrête en haut des marches. De nouveau, il griffe le tapis avec ardeur.

– Oh, non, ça recommence ! se lamente Fred.

Les deux malfrats avancent lentement jusqu'à l'endroit où Tito les attend. Le chaton se met alors à courir dans tous les sens autour d'eux.

– Au secours, il y a quelque chose sur ma jambe ! hurle Fred. On dirait un chat !

Il fonce droit devant lui et percute Jim, qui vacille au bord de l'escalier. Tito s'écarte d'un bond, très fier de son petit jeu.

– Lâche-moi, Fred ! s'écrie Jim.

Il tend le bras pour se retenir à la rampe, mais à la place il attrape le poignet de son complice. Les deux hommes tombent à la renverse et dégringolent l'escalier, sous l'œil médusé de Tito.

· 5 ·
Un héros
insoupçonné

Un bruit sourd retentit au moment où les voleurs atterrissent au bas des marches, heurtant dans leur chute une bibliothèque, dont le contenu se répand autour d'eux.

Tito les observe prudemment du haut de l'escalier. Vont-ils se relever pour lui courir après ?

Mais les deux hommes restent affalés par terre en gémissant. Le chaton ne voulait pourtant pas leur faire de mal, juste les effrayer pour qu'ils s'en aillent.

– Oh, ma cheville ! pleurniche Fred. Je crois qu'elle est cassée.

Jim ne lui répond pas : il grogne et tient sa tête entre les mains.

Tito est content de lui : les cambrioleurs ne pensent plus du tout à la télévision de Lola ! Mieux vaut néanmoins les surveiller au cas où ils changeraient d'avis. Le chaton descend quelques marches et se poste au milieu de l'escalier, sans quitter les malfaiteurs des yeux.

Un peu plus tard, il entend le ronflement d'un moteur à l'extérieur de la maison. Il dresse les oreilles et miaule d'excitation en reconnaissant la voiture familiale. Enfin des renforts !

Lola ouvre la porte d'entrée :

– Tito, Philéas, nous revoilà ! Vous ne vous êtes pas trop ennuyés ?

Aussitôt, Fred s'agite et essaie de se mettre debout, en vain.

– Dépêche-toi, chuchote-t-il à son complice, il faut qu'on s'en aille !

Mais Jim, à moitié sonné,

continue de se frotter la tête.

Le chaton miaule de plus belle, craignant que les hommes ne s'échappent.

M. Duprat allume la lumière :

– Calme-toi, Tito, nous sommes en bas !

Il reste alors bouche bée devant le tableau étonnant qui s'offre à lui : deux individus en survêtement gisent au bas de l'escalier et le dévisagent, la mine livide. Lola et sa mère sont aussi muettes de stupeur en découvrant la scène.

Tito descend les dernières marches, saute par-dessus les

éclopés et rejoint ses maîtres en poussant de petits grognements stridents. C'est lui qui a mis les bandits hors d'état de nuire ! C'est lui qui a su protéger les biens de la famille !

Très vite, M. Duprat attrape un club de golf dans le placard du hall et l'agite d'un air menaçant en direction des deux intrus.

– Ça, c'est juste pour m'assurer que vous allez vous tenir tranquilles ! leur lance-t-il.

Puis il saisit le téléphone et compose le numéro de la police.

– Ils seront là sans tarder, déclare-t-il à sa femme en

raccrochant. Toi et Lola, allez m'attendre chez la voisine. Moi, je vais garder ces deux-là à l'œil.

Mlle Roger, la voisine, accueille ces visiteurs imprévus à bras ouverts. Elle prépare du thé bien chaud et un bol de lait pour Tito, que Lola a emmené avec elle.

– Est-ce que c'était des voleurs ? demande la fillette à sa mère, une fois que tout le monde s'est installé au salon.

– J'en ai bien peur…

– Pauvre Tito, il a dû avoir une sacrée frousse ! s'émeut Lola, qui serre le chaton contre elle. Et Philéas ?

– Oh, ne t'inquiète pas pour lui, il est certainement dans les parages, en train de chasser. Et puis il est grand, tu sais, il n'est pas du genre à être impressionné.

Tito miaule de protestation. Lui aussi est brave. Il a même réussi à mettre les cambrioleurs en déroute ! Hélas, personne n'a l'air de s'en rendre compte.

– Regardez, voilà la police ! annonce alors Mlle Roger en pointant le doigt vers la fenêtre.

Puis une ambulance se gare le

long du trottoir. Les policiers conduisent Jim et Fred, les yeux hagards, à son bord.

Mme Duprat lève sa tasse de thé.

– Au moins, ils n'ont rien pris ! soupire-t-elle. Mais comment se sont-ils retrouvés dans cet état au bas de l'escalier, ça, c'est un mystère !

– Peut-être que Tito y est pour quelque chose ? suggère Lola en caressant le chaton couché en boule sur ses genoux.

– Tito ? répète sa mère, incrédule. Ça m'étonnerait !

– J'aurais pourtant juré qu'il

surveillait les voleurs quand on est rentrés…

Le chaton glisse son museau entre ses pattes. Si seulement ils savaient tous ce qu'il a fait et combien il a été courageux ! Hélas, ils ne l'apprendront jamais. Il pourra bien sûr le dire à Philéas, mais celui-ci ne le croira sûrement pas. Pour tout le monde, il n'est qu'un chaton pataud, et rien d'autre...

Un instant plus tard, M. Duprat arrive chez Mlle Roger, le sourire aux lèvres :

– Bon, tout est réglé ! Et j'ai une histoire très intéressante à vous raconter...

. 6 .

Bravo, Tito !

– De quoi tu parles, papa ? demande Lola.

– Dis-nous d'abord dans quel état est la maison, l'interrompt sa mère.

– Eh bien, commence M. Duprat, les voleurs ont cassé un carreau pour entrer, mais il n'y a pas d'autre dommage à déplorer.

Et ils n'ont pas eu le temps de prendre quoi que ce soit, ajoute-t-il.

– Voilà de bonnes nouvelles ! commente Mlle Roger en lui servant une tasse de thé.

– Ils ont quand même essayé d'emporter la télévision de Lola : on l'a retrouvée débranchée au milieu de la chambre.

– Ma télé ! s'indigne la fillette.

– Mais comment diable ont-ils fini au bas de l'escalier ? s'exclame Mme Duprat.

– C'est là que ça devient très intéressant, répond son mari en lançant un clin d'œil à Tito. Les cambrioleurs ont confié à la police qu'ils devaient leur chute... à un chat !

– Un chat ? répètent Lola et sa mère d'une seule voix.

– Oui, un de nos chats les a fait trébucher à l'étage et dégringoler les marches.

– Philéas ? avance Mme Duprat.

Son mari secoue la tête :

– Non, ils étaient d'autant plus en colère que c'était un tout petit chat !

Les regards se tournent alors vers Tito, qui se redresse d'un air important.

Lola couvre son protégé de baisers.

– Oh, merci mon tout beau ! s'attendrit-elle. Tu as sauvé ma télé et tu as même réussi à arrêter les voleurs ! J'ai toujours su que tu étais malin !

– Bien joué, Tito ! renchérit la mère de la fillette en grattant le chaton sous le menton. Jamais je n'aurais imaginé que tu sois capable d'un tel exploit !

– Et le plus drôle, reprend M. Duprat, c'est que les deux types semblaient convaincus qu'il les a fait tourner en bourrique exprès !

– Moi, je suis sûre que oui ! s'enflamme Lola.

– Vrai ou pas, on lui doit une fière chandelle ! conclut sa mère.

Alors que les Duprat rentrent

chez eux, ils tombent sur Philéas qui sort d'un buisson. Le chat roux grogne de mécontentement. Toute cette agitation autour de la maison l'a mis de mauvaise humeur ! Sans compter qu'il n'a pas encore eu son dîner !

– Ah, te voilà ! s'écrie Lola en l'apercevant.

Elle se penche pour le caresser, après avoir posé son chaton à terre.

– Tu n'as pas eu trop peur avec ces gens qui voulaient nous cambrioler ? reprend-elle. Heureusement que Tito était là pour les en empêcher !

Philéas n'en croit pas ses oreilles. Il s'approche de Tito, qui lui raconte ce qui s'est passé et comment il est parvenu à neutraliser les voleurs. Il faut avouer qu'il en connaît un rayon, question chutes et vols planés !

Le chat roux est admiratif. Finalement, ce petit pataud est plus dégourdi qu'il n'y paraît !

Tandis que M. Duprat ouvre la porte de la maison, Philéas se tourne vers Tito pour lui dire qu'il ira se promener dans le jardin après le repas et qu'il ne voit pas d'objection à ce que le chaton l'accompagne. Il pourra ainsi lui apprendre à sauter et à grimper aux arbres.

Tito est aux anges : ce soir, il s'est conduit en héros et a gagné un copain. Perdu dans ses pensées, le chaton s'empêtre dans le tapis du hall et s'étale de tout son long ! Bon, il lui reste quand même des progrès à faire pour être un vrai héros !

Découvre vite une autre aventure :
celle de **Pongo le poney** *fugueur* !

Pongo regarde les deux fillettes s'éloigner, puis disparaître au bout de la route.

Heureusement, d'autres enfants se succèdent et viennent le saluer. Puis le poney reconnaît le tintement familier d'une cloche au loin. Il sait ce que cela signifie : finies les caresses ! Plus de compagnie avant ce soir ! Il y a Bounty, bien sûr, mais elle est tellement ennuyeuse...

Pongo soupire. Il n'a aucune envie de

rester enfermé ici toute la journée. Il se dirige vers le portail. Depuis que M. Labarthe l'a remplacé, le poney a remarqué que le loquet ne se fermait pas toujours correctement. Quelquefois, il suffit de le pousser d'un coup sec... Pongo s'approche et appuie son museau dessus. Aucun résultat. Il essaie encore, mais un peu plus fort, cette fois...

Pongo réussira-t-il à s'enfuir ?

Si tu as aimé ce livre,
tu peux lire d'autres histoires d'animaux
dans la collection

mes animaux préférés